18 Mai 1885.

V

Vente du Lundi 18 au Samedi 30 Mai 1885

12, RUE DE POITIERS, 12

COLLECTIONS

DE FEU

M. LE COMTE DE LA BÉRAUDIÈRE

RÉSUMÉ DU CATALOGUE

COMMISSAIRES-PRISEURS

Me ESCRIBE 6, rue de Hanovre.	Me PAUL CHEVALLIER 10, rue Grange-Batelière.

EXPERTS

Pour les objets d'art :
M. Ch. MANNHEIM, 7, rue Saint-Georges.

Pour les tableaux et dessins :
M. Eug. FÉRAL, 54, rue du Faubourg-Montmartre,
MM. HARO ✻ et fils, 14, rue Visconti.

Pour les médailles :
MM. ROLLIN et FEUARDENT, 4, place Louvois.

Pour les livres :
M. Ch. PORQUET, 1, quai Voltaire.

COLLECTIONS

DE FEU

M. LE COMTE DE LA BÉRAUDIÈRE

Résumé du Catalogue

CONDITIONS DE LA VENTE

Elle sera faite au comptant.

Les acquéreurs payeront en sus des enchères *cinq pour cent*, applicables aux frais.

L'exposition mettant le public à même de se rendre compte de l'état des objets, il ne sera admis aucune réclamation une fois l'adjudication prononcée.

Paris. — Imp. de l'Art. E. Ménard et J. Augry
41, rue de la Victoire, 41

ORDRE DES VACATIONS [1]

Le Lundi 18 Mai 1885.

Livres	Nos	961	à	1091

Le Mardi 19 Mai 1885.

Livres	—	1092	à	1175
Estampes	—	243	à	287

Le Mercredi 20 Mai 1885.

Tableaux	—	1	à	106

Le Jeudi 21 Mai 1885.

Tableaux et portraits antérieurs au XVIIe siècle	—	107	à	134
Pastels	—	135	à	144
Dessins encadrés	—	145	à	194
Dessins en feuille	—	195	à	242

Le Vendredi 22 Mai 1885.

Sculptures en ivoire	—	383	à	394
Émaux dits byzantins	—	395	à	416

1. *L'ordre numérique ne sera pas suivi.*

Sculptures en bois	Nos	417	à	424
Sculptures en cire et en marbre . . .	—	425	à	430
Bronzes d'art.	—	431	à	439
Armes	—	440	à	452
Fers ouvrés	—	453	à	482

Le Samedi 23 Mai 1885.

Objets en cuir	—	483	à	491
Émaux de Limoges.	—	492	à	499
Faïences de Palissy.	—	500	à	507
Faïences diverses.	—	508	à	519
Verrerie	—	520	à	525
Objets variés de la Renaissance. . . .	—	526	à	540
Miniatures antérieures au XVIIe siècle .	—	541	à	548
Bijoux des XVe, XVIe et XVIIe siècles . .	—	549	à	575

Le Mardi 26 Mai 1885.

Bijoux du XVIIIe siècle	—	576	à	602
Miniatures du XVIIIe siècle	—	603	à	652
Miniatures à l'huile	—	653	à	661
Émaux peints.	—	662	à	664

Le Mercredi 27 Mai 1885.

Tabatières et bonbonnières.	—	665	à	689
Orfèvrerie du XVIIIe siècle.	—	690	à	722
Objets variés des XVIIe et XVIIIe siècles.	—	723	à	736
Porcelaines de Sèvres	—	737	à	745
Porcelaines de Saxe	—	746	à	750
Porcelaines de Chine.	—	751	à	764
Porcelaines diverses	—	765	à	768

Le Jeudi 28 Mai 1885.

Sculptures en marbre.	N^{os}	769	à	773
Sculptures en terre cuite	—	774	à	785
Sculptures en plâtre	—	786	à	788
Bronzes d'ameublement	—	789	à	812
Cadres en bois, en or, en argent, etc.	—	813	à	841
Meubles	—	842	à	865

Le Vendredi 29 Mai 1885.

Meubles	—	866	à	882
Meubles en bois sculpté	—	883	à	900
Boiserie	—			901
Sièges	—	902	à	928
Tapisseries et broderies	—	929	à	959
Tapis	—			960

Le Samedi 30 Mai 1885

Médailles grecques	—	288	à	314
Médailles italiennes	—	315	à	318
Médailles espagnoles	—	319	à	329
Médailles françaises.	—	330	à	363
Antiquités	—	364	à	382

DÉSIGNATION

TABLEAUX

ECOLES FRANÇAISE, ANGLAISE ET ITALIENNE

1 — Beaubrun (Attribué à). Portrait présumé de la duchesse de Bourgogne, jeune fille.

2 — Bilcoq. Scène d'intérieur.

3 — Boilly. Un Quai de Paris.

4 — Boucher. La Toilette de Vénus.

5 — Boucher. Instruments de musique.

6 — Boucher. Pendant du précédent.

7 — Boucher. Tête de jeune garçon.

8 — Bounieu. Le Messager d'amour.

9 — Bounieu. La Lecture.

10 — Chardin (Genre de). Petit Garçon.

11 — Charpentier. La Jeune Mère.

12 — Chatelet. Rousseau à Ermenonville.

13 — Crepin. Paysage.

14 — Danloux. Portrait de femme.

15 — David (Attribué à). Portrait présumé de Marat.

16 — Debucourt. La Bienfaisance du roi Louis XVI.

17 — Desportes. Fruits et Légumes.

18 — De Troy. Portrait de femme.

19 — Drouais. Portrait du jeune Berwick, marquis de la Jamaïque.

20 — Drouais (Attribué à). Portrait d'enfant.

21 — Drouais (Attribué à). Portrait de petit garçon.

22 — Drouais père. Portrait de femme.

23 — Duplessis. Portrait de femme.

24 — Eisen. Le Peintre Eisen et sa famille.

25 — FRAGONARD. La Liseuse.

26 — FRAGONARD. Portrait d'enfant.

27 — FREDOU. Portrait de femme, en Naïade.

28 — GREUZE (Attribué à). Femme tenant un enfant, debout sur une table.

29 — GUARDI. Paysage.

30 — GUARDI. Pendant du précédent.

31 — GUIARD. Madame Adélaïde de France.

32 — HAMON. Quatre peintures : Sainte Cécile ; — Tobie et l'Ange ; — la Salutation angélique ; — la Vierge immaculée.

33 — HOPPNER. Portrait de femme.

34 — HUE. Baigneuse ; effet de jour. — Pêcheurs sur un quai ; clair de lune.

35 — INGRES. Œdipe et le Sphinx.

36 — JEAURAT. L'Auberge.

37 — LAGRENÉE. L'Eau.

38 — LAGRENÉE. La Terre.

39 — LAGRENÉE. L'Air.

40 — Lagrenée. Le Feu.

41 — Lajoue. Vue d'un parc.

42 — Lancret. Le Turc amoureux.

43 — Lancret. La Belle Grecque.

44 — Landry. Portrait de petit garçon.

45 — Largillière. Portrait de femme.

46 — Le Clerc. Pastorale.

47 — Le Prince. Un Corps de garde.

48 — Loo (Carle van). Portrait d'homme.

49 — Loo (Carle van). Le Concert du grand sultan.

50 — Loo (Louis-Michel van). Portrait présumé de la maréchale de Maillebois.

51 — Martin. Groupe de cavaliers.

52 — Mercier. Portrait de jeune fille.

53 — Mignard. Anne d'Autriche.

54 — Moreau. Le Vieux Moulin.

55 — Moreau (Attribué à). Scène de comédie.

56 — Moreau (Attribué à). Portrait présumé de Antoine-Henri de Bourbon.

57 — Norblain de la Gourdaine. Intérieur d'une habitation villageoise.

58 — Octavien. La Collation des chasseurs.

59 — Pillement. Portrait présumé de Madame Dubarry.

60 — Prud'hon (D'après). Napoléon Bonaparte, premier consul.

61 — Raoux (D'après). Le Sommeil.

62 — Restout. Étude d'après nature.

63 — Rigaud. Portrait de l'artiste.

64 — Rigaud. Portrait de femme.

65 — Rigaud (Attribué à). Portrait de Louis XIV.

66 — Rioult. Portrait de jeune fille.

67 — Robert. Vue des principaux monuments de Rome.

68 — Robert. Parc avec pièce d'eau.

69 — Robert. Paysage avec ruines.

69 *bis* — Robert. Pendant du précédent.

70 — Roslin. Portrait de M. le marquis de Marigny.

71 — Roslin. Portrait d'homme.

72 — Saint-Aubin. Un ballet.

73 — Schall. Hymne à l'Amour.

74 — Taunay. Paysage et figures.

75 — Tocqué (Attribué à). Portrait de jeune fille.

76 — Tournières. Portrait d'homme.

77 — Valenciennes. Paysage historique.

78 — Vallayer-Coster (Mme). Une Bouquetière.

79 — Vallayer-Coster (Mme). Marchande de marée.

80 — Vallayer-Coster (Mme). Fleurs.

81 — Vallayer-Coster (Mme). Fleurs et fruits.

82 — Vestier. Portrait de femme.

83 — Vestier. Tableau de famille.

84 — Vigée-Lebrun (Mme). Portrait de jeune femme.

85 — Vigée-Lebrun (Mme). Portrait de Joseph II, empereur d'Autriche.

86 — WATTEAU. L'Enjôleur.

87 — WATTEAU. Le Faune.

88 — WATTEAU. Motif de décoration.

89 — ÉCOLE FRANÇAISE. Portrait de d'Albert, duc de Chalnes.

90 — ÉCOLE FRANÇAISE. Paysage accidenté.

91 — ÉCOLE FRANÇAISE. Pendant du précédent.

92 — ÉCOLE FRANÇAISE. Portrait de femme.

93 — ÉCOLE FRANÇAISE. La Nonchalante.

94 — ÉCOLE FRANÇAISE. Portrait de femme.

95 — ÉCOLE FRANÇAISE. Portrait de femme.

96 — ÉCOLE FRANÇAISE. Portrait présumé de Clotilde de Savoie.

97 — ÉCOLE FRANÇAISE. Portrait de femme.

98 — ÉCOLE FRANÇAISE. Portrait de femme.

99 — ÉCOLE FRANÇAISE. Portrait présumé de Mlle Anaïs, du Théâtre-Français.

100 — ÉCOLE FRANÇAISE. Intérieur Louis XV.

101 — ÉCOLE FRANÇAISE. Portrait de femme.

102 — École française. Portrait d'un officier; époque Louis XIV.

103 — École française. Plat d'écrevisses.

104 — École moderne. Arabes dans la mosquée.

105 — École moderne. Étude de paysage.

106 — École anglaise. Le Berger.

TABLEAUX ET PORTRAITS

ANTÉRIEURS AU XVIIe SIÈCLE

107 — Clouet. Portrait d'homme.

108 — Clouet. Portrait d'homme.

109 — Clouet (École de). Portrait présumé de Anne d'Este.

110 — Gérard de Saint-Jean (Attribué à). Triptyque.

111 — Gossaert. La Vierge et l'Enfant Jésus.

112 — Martini Simone (Attribué à). Triptyque.

113 — Matsys. Le Christ et la Vierge.

114 — Memling (École de). 1° Le Couronnement de la Vierge.

115 — Memling (École de). 2° Portrait du donateur.

116 — Memling (École de). 3° Portrait de la donatrice.

117 — Memling (École de). 4° Saint Georges.

118 — Memling (École de). 5° Armoiries des donateurs.

119 — Moor. Portrait d'un gentilhomme.

120 — Poindre. Portrait d'un évêque.

121 — Vivarini. Saint Michel, archange.

122 — Vos. Portrait d'homme.

123 — École de Bruges. Diptyque.

124 — École allemande. Portrait de Charles-Quint.

125 — École allemande. Portrait de Blanche Sforza.

126 — École flamande. Volet de triptyque.

127 — École primitive. Combat de chevaliers.

ÉCOLES FLAMANDE

ET HOLLANDAISE

128 — Breemberg. Les Bergers.

129 — Codde. La Partie de cartes.

130 — Cuyp (D'après). Paysage de Hollande.

131 — Ferg. Campement de bohémiens.

132 — Goyen (Van). Vue d'une ville de Hollande.

133 — Vernier. Vue de Paris au xviie siècle.

134 — École flamande. Portrait d'enfant.

PASTELS

135 — Boucher (D'après). Buste de jeune femme.

136 — Boucher (D'après). Jeune fille endormie.

137 — Coypel. Portrait de femme.

138 — De Troy. Portrait d'homme.

139 — De Troy. Portrait de femme.

140 — La Tour. Portrait de femme.

141 — PERRONEAU. Portrait de Marie Leczinska.

142 — PRUD'HON. Portrait présumé de Mlle Mayer.

143 — ÉCOLE FRANÇAISE. Portrait de femme.

144 — ÉCOLE FRANÇAISE. La Camargo.

DESSINS ENCADRÉS

145 — BEAUVARLET. Portrait d'un abbé, de profil.

146 — BELLANGER. Fleurs dans un verre.

147 — BOUCHER (D'après). La Bergère endormie.

148 — CARMONTELLE. Portrait présumé de Mme de Graffigny.

149 — CARMONTELLE. Portrait de femme.

150 — CHOFFARD. Encadrement de diplôme.

151 — COCHIN. Portrait de Louis XV.

152 — COUTURE. Portrait d'homme.

153 — DELAULNE. Une Aiguière.

154 — DENON. Portrait d'homme.

155 — DESRAIS. Coiffure.

156 — Desrais. Dessin de mode.

157 — Fragonard. Parc de Neuilly.

158 — Greuze. Le Paralytique.

159 — Lagrenée. Pygmalion.

160 — Lavreince. Le Chien favori.

161 — Le Paon. Le Repas sous les arbres.

162 — Loo (Carle Van). Portrait de Madame Favart.

163 — Mallet. Le Loup dans la bergerie.

164 — Massé. Portrait de Louis-Philippe.

165 — Meissonier. Dessin d'illustration.

166 — Meissonier. Autre dessin d'illustration.

167 — Moreau le jeune. Fête projetée sur l'emplacement de l'Orangerie, à Versailles,

168 — Pernot. Fontaine sous un arc de triomphe.

169 — Portail. La Danseuse.

170 — Prevost. Portraits.

171 — Rigaud. Louis XIV.

172 — Saint-Aubin. Le Jardin des Tuileries.

173 — Saint-Aubin. Vue de la place Louis XV.

174 — Saint-Aubin. Portrait de Mademoiselle Bordier.

175 — Saint-Aubin. Marie-Antoinette.

176 — Saint-Aubin. Le Jardinier et son Seigneur.

177 — Saint-Aubin. Portrait d'un horloger.

178 — Schley. Dessins de vignettes.

179 — Sergent-Marceau. Portrait de femme.

180 — Tiepolo. Noble vénitien.

181 — Trinquesse. Étude de plis.

182 — Watteau. Croquis.

183 — Watteau. Croquis.

184 — Wille. Cour de ferme.

185 — Wocher. Paysages.

186 — École française. L'Apothéose de saint Louis.

187 — École anglaise. La Romance interrompue.

188 — École anglaise. Scène de roman.

189 — École française. Portrait d'homme.

190 — École française. Portrait.

191 — École française. Portrait d'homme.

192 — École française. Portrait d'homme.

193 — École française. Portrait d'homme.

194 — École florentine. Portrait de femme.

DESSINS EN FEUILLE

195 — Augustin. Portrait de Mlle Lagrave.

196 — Auvrest. Dessin de calligraphe.

197 — Cochin. Portrait d'homme.

198 — Coypel. Deux têtes.

199 — Desrais. Deux dessins.

200 — Desrais. Plusieurs suites de dessins.

201 — Dupré. Album.

202 — Eisen. Cartouche à ornements.

203 — Eisen. Amours chasseurs.

204 — Eisen. Frises représentant les Saisons.

205 — Eremita. Portrait d'homme.

206 — F. W. Sept portraits.

207 — Gillot. Musiciens.

208 — Guardi. La Place Saint-Marc.

209 — Imola. La Nativité.

210 — Johannot. Dessin.

211 — Kuyper. Fête sous les arbres.

212 — Lancret. Jeune Femme en costume de pèlerine.

213 — Le Prince. Figures en costumes orientaux.

214 — Lesueur. Costumes.

215 — Metsys. Femme en prières.

216 — Natoire. Jeux d'enfants.

217 — Pater. La Lecture.

218 — Pillement. Acrobates chinois.

219 — Portail. Deux femmes dans un intérieur.

220 — PORTAIL. Scène galante.

221 — REGNAULT. Pygmalion.

222 — ROBERT. Escalier tournant.

223 — SAINT-NON. Recueil de dessins

224 — SWEBACH. Cavaliers.

225 — TRIMOLET. Dessins.

226 — TIEPOLO. Cavalier.

227 — VAN LOO. Études de nu.

228 — WATTEAU. Dix feuilles d'études.

229 — ÉCOLE ANGLAISE. « The Extravagant Wite ».

230 — ÉCOLE FRANÇAISE. Portraits d'acteurs.

231 — ÉCOLE FRANÇAISE. Portrait d'homme.

232 — ÉCOLE FRANÇAISE. Femme debout.

233 — ÉCOLE FRANÇAISE. Frontispice.

234 — ÉCOLE FRANÇAISE. Fleurs et ornements.

235 — ARCHITECTURE. Péristyle.

236 — ARCHITECTURE. Cour de palais.

237 — ARCHITECTURE. Intérieur.

238 — Architecture. Plan.

239 — Architecture. Intérieur de palais.

240 — Blasons. Armoiries suisses.

241 — Illustrations. Plusieurs lots de dessins.

242 — Modes. Quatre dessins.

ESTAMPES

243 — Aldegraver. Son portrait.

244 — Aldegraver. Titus Manlius.

245 — Aldegraver. La Force.

246 — Altdorfer. Le Christ et la Vierge.

247 — Beham. Lucrèce.

248 — Beham. Porte-étendard.

249 — Beham. Plusieurs pièces.

250 — Boucher (D'après). Vénus sur les eaux.

251 — Duflos le jeune. Marie-Antoinette.

252 — Durer. Frédéric.

253 — Gillot. Motif de décoration.

254 — KRUG. Les Deux Femmes nues.

255 — LORCH, d'après Michel-Ange. Le Larron en croix.

256 — HOPFER. Une pièce.

257 — JANINET. Marie-Antoinette.

258 — JANINET, d'après LEMOINE. Mademoiselle du T.

259 — LAVREINCE (D'après). La Comparaison.

260 — MAIR. Une pièce.

261 — MERYON. Eau-forte : les Quais.

262 — MOREAU (D'après). Un portrait.

263 — PENCZ. Virginius tuant sa fille.

264 — PENCZ. Procris.

265 — PENCZ. Joseph vendu par ses frères.

266 — PENCZ. Sujets tirés du Nouveau Testament.

267 — ROWLANDSON. « Grog on Board » et « Tea ashore ».

268 — SOUFFLOT (D'après). Loge des changes de Lyon.

269 — Thomas de Leu. Portrait de Henri IV.

270 — Watteau. Les Délices de la vie.

271 — Zagel. Le Bal.

272 — Almanach pour l'année 1712.

273 — Carte-adresse de Saillard.

274 — Chapuy. Adresse de Depain.

275 — Choffard. Carte-adresse de Langlumé jeune.

276 — Proclamation du duc de Berry.

277 — Arrest du Conseil d'État du Roy.

278 — Caricatures.

279 — En-tête de mois.

280 — Impressions sur soie. Incroyables.

281 — Portraits historiques.

282 — Deux portraits coloriés.

283 — Deux gravures. Louis XVI et Marie-Antoinette.

284 — École anglaise. Pièce en couleur.

285 — Eaux-fortes d'artistes contemporains.

286 — Courtry (D'après Fragonard). La Joueuse de guitare.

287 — Photographies. Reproductions de tableaux, etc.

MÉDAILLES GRECQUES

ROME

288 — Tête laurée d'Apollon.

Suessa

289 — Tête laurée d'Apollon.

NAPLES

290 — Tête de Diane.

Thurium

291 — Tête de Pallas.

Crotone

292 — Tête d'Apollon.

Rhégium

293 — Tête d'Apollon.

Syracuse

294 — Tête d'Aréthuse.

Philistis

295 — Tête voilée de Philistis.

Gélon

296 — Tête de Gélon.

Alexandre

297 — Tête d'Hercule jeune.

298 — Même pièce.

Alexandre Ægus

299 — Tête d'Alexandre.

Persée

300 — Tête diadémée du roi.

Cor'nthe

301 — Tête de Minerve.

Bactriane

302 — Tête diadémée du roi.

Arsinoé

303 — Tête diadémée et voilée de la reine.

MÉDAILLE ROMAINE

Tibère César et son frère

304 — Têtes des deux enfants.

MONNAIES DU MOYEN AGE

305 — Royal de Jean II et franc à pied de Charles V.

306 — Écu d'or de Charles VI.

307 — François Ier. Écu d'or.

308 — Marie Stuart. Schelling écossais.

309 — Louis XV. Écu.

310 — Louis XVI. Double louis.

311 — Louis XVI. Écu dit de Calonne.

312 — Premier consul. 5 fr. — Napoléon. 5 fr.

313 — Jean III de Bretagne.

314 — Charles d'Anjou. Augustale d'or.

MÉDAILLES ITALIENNES

315 — D'Avalos, marquis de Pescaire.

316 — N. Piccinino, condottiere.

317 — Pisanello.

318 — Lodovica Felicina Rossi.

MÉDAILLES ESPAGNOLES

319 — Charles-Quint.

320 — Charles le Quint.

321 — Charles le Quint et Ferdinand.

322 — Charles le Quint et Philippe II.

323 — Philippe II.

324 — Philippe II et Anne.

325 — Marguerite d'Autriche.

326 — Albert et Isabelle.

327 — Don Juan d'Autriche.

328 — F. A. de Tolède, duc d'Albe.

329 — Anonyme.

MÉDAILLES FRANÇAISES

330 — Louis XII et Anne de Bretagne.

331 — Louis XII et Anne de Bretagne.

332 — Henri III.

333 — Henri IV.

334 — Henri IV.

335 — Henri IV.

336 — Henri IV.

337 — Henri IV.

338 — Henri IV.

339 — Henri IV et Marguerite de Valois.

340 — Louis XIII et Marie de Médicis.

341 — Louis XIII.

342 — Marie de Médicis.

343 — Marie de Médicis.

344 — Anne d'Autriche et Louis XIV.

345 — Louis XVI.

346 — Louis XIV.

347 — Louis XV et Louis XVI.

348 — Antoine de Bourbon.

349 — Noël Carpentier.

350 — Christine de Lorraine.

351 — Le Grand Condé.

352 — G. d'Estouteville.

353 — Pierre Jeannin.

354 — Lavalette d'Épernon.

355 — Michel Letellier, chancelier de France.

356 — Marie Madeleine, duchesse de Toscane.

357 — Thomas de Montrichier.

358 — Perrenot, cardinal de Grandvelle.

359 — Charles de Valois.

360 — Marie Tudor.

361 — Anonyme.

362 — Néron.

363 — Hadrien.

ANTIQUITÉS

Terres cuites de Tanagra.

364 — *Jeune femme allaitant un enfant.*

365 — Jeune femme assise.

366 — Deux petites têtes de femme.

Bijoux.

367 — Paire de boucles d'oreilles.

368 — Collier antique.

369 — Boucle mérovingienne.

370 — Bague d'or.

371 — Longue tige d'or antique.

372 — *Broche formée d'un denier d'argent.*

373 — Autre à peu près semblable.

374 — *Broche* d'un style semblable.

375 — Autre *broche* formée d'une bractéate en or mince.

376 — Autre *broche* comme la précédente.

377 — Un lot composé d'une fibule mérovingienne, d'une grande agrafe et d'un bracelet.

Verre.

378 — Verre à boire provenant de Chypre.

379, 380, 381, 382 — Sceaux.

SCULPTURES EN IVOIRE

383 — Cassette à bijoux, travail arabe du dernier tiers du xe siècle.

384 — Pyxide cylindrique. Travail vénitien du xiiie siècle.

385 — Petit tripyque sculpté en bas-relief. Travail français du xive siècle.

386 — Petit groupe. xive siècle.

387 — Volet de diptyque. xvie siècle.

388 — Bas-relief représentant le Christ en croix. xive siècle.

389 — Tablette sculptée en bas-relief. xve siècle.

390 — Couteau à manche. XIIIe siècle.

391 — Dame de trictrac en morse sculptée. XIVe siècle.

392 — Marotte à tête de fou en ivoire sculpté.

393 — Médaillon ovale sculpté en bas-relief. Femme en costume du XVIIe siècle.

394 — Médaillon en ivoire, sculpté en bas-relief.

ÉMAUX DITS BYZANTINS

ORFÈVRERIE — CUIVRES

395 — Groupe en cuivre battu. XIIIe siècle.

396 — Belle crosse en cuivre champlevé. XIIIe siècle.

397 — Quatre flambeaux ou porte-cierges en cuivre champlevé. XIIIe siècle.

398 — Deux autres de même forme et de même travail. XIIIe siècle

399 — Plaque en cuivre champlevé et émaillé. XIIIe siècle.

400 — Croix processionnelle en cuivre gravé. XIIIe siècle.

401 — Médaillon à bord alternativement lobé et anguleux.

402 — Groupe en cuivre battu. XIVe siècle.

403 — Aquamanile en cuivre. XIIIe siècle.

404 — Aquamanile, en cuivre, de même époque.

405 — Plaque ovale à bords lobés, en argent ciselé et doré. XVe siècle

406 — Calice en argent doré du XIVe siècle.

407 — Très bel encensoir gothique en argent ciselé. XVe siècle.

408 — Manche de couteau en bronze. XIVe siècle.

409 — Manche de couteau en cuivre. XIIIe siècle.

410 — Plaquette de coffret byzantin en cuivre repoussé.

411 — Beau marteau de porte en bronze. XIIIe siècle.

412 — Encensoir sphérique et à couvercle ajouré. XIIIe siècle.

413 — Partie supérieure, hémisphérique, d'un encensoir de même époque.

414 — Custode en cuivre gravé. xve siècle.

415 — Sonnette en cuivre gravé. xvie siècle.

416 — Navette à encens en cuivre gravé et doré. xve siècle.

SCULPTURES EN BOIS

417 — Groupe en bois sculpté. xve siècle.

418 — Statuette de sainte femme. xvie siècle.

419 — Crosse en bois sculpté. xve siècle.

420 — Coffret rectangulaire en bois sculpté. xve siècle.

421 — Bas-relief circulaire en chêne sculpté. xviie siècle.

422 — Pilastre à chapiteau en bois sculpté du xvie siècle.

423 — Petit bas-relief en buis sculpté.

424 — Statuette de sainte Catherine, en bois sculpté. xve siècle.

SCULPTURES

EN CIRE ET EN MARBRE DE LA RENAISSANCE

425 — Cire rouge. Médaillon ovale, buste d'homme à longs cheveux.

426 — Cire. Petit médaillon circulaire.

427 — Cire. Bas-relief circulaire en cire coloriée au naturel.

428 — Marbre blanc. Bas-relief représentant la Nativité. xvie siècle.

429 — Marbre blanc. Bas-relief rectangulaire : buste de Scipion.

430 — Albatre. Bas-relief carré. xvie siècle.

BRONZES D'ART

431 — Fontaine en bronze du xvie siècle.

432 — Marteau de porte en bronze de forme circulaire. Travail allemand.

433 — Buste de Vitellius. xvie siècle

434 — Bas-relief circulaire en bronze. xvie siècle.

435 — Hercule Farnèse, bronze du temps de Louis XIV.

436 — Statuette de baigneuse. XVIe siècle.

437 — Statuette de baigneuse. XVIIIe siècle.

438 — Statuette de femme, en costume Louis XIII.

439 — Groupe composé de deux figurines de Chinois.

ARMES

440 — Pulvérin en cuivre repoussé. XVIe siècle.

441 — Épée du XVe siècle.

442 — Épée du XVe siècle.

443 — Poignard vénitien. XVIe siècle.

444 — Lame d'épée antique.

445 — Deux étriers en fer. XVe siècle.

446 — Dague à garde et pommeau en fer damasquiné.

447 — Clef d'arquebuse en fer ciselé. XVIe siècle.

448 — Dague vénitienne. XVIe siècle.

449 — Stylet à lame quadrangulaire et manche en fer. XVIe siècle.

450 — Poignard du XVIe siècle.

451 — Beau poignard avec lame à rainures. XVIe siècle.

452 — Amorçoir du XVIe siècle.

FERS OUVRÉS

453 — Clef du XVIe siècle en fer ciselé.

454 — Petit coffret en fer. XVe siècle.

455 — Clef du XVIe siècle.

456 — Petite muserolle en fer.

457 — Lame de fleuret emmanchée dans une poignée en fer ciselé.

458 — Coffret à couvercle cintré. XVIe siècle.

459 — Clef Louis XVI.

460 — Clef de même époque.

461 — Clef du XVIIIe siècle, en acier ciselé.

462 — Clef à tête ajourée composée de deux L. XVIIe siècle.

463 — Clef à tête formée de deux têtes chimériques. XVIIe siècle.

464 — Joli passe-partout du temps de Louis XVI.

465 — Petite clef Louis XV.

466 — Très petite clef à tête composée de rinceaux.

467 — Clef en fer du XVIe siècle.

468 — Buste applique d'empereur romain en ronde bosse.

469 — Boîte ovale en fer ciselé. XVIIe siècle.

470 — Clef de l'époque Louis XVI.

471 — Clef de l'époque Louis XVI.

472 — Petite clef Louis XVI.

473 — Cachet triple.

474 — Drageoir ovale en fer ciselé et repercé.

475 — Clef du XVIIe siècle.

476 — Petite clef de même époque.

477 — Clef à tête.

478 — Clef à tête.

479 — Agrafe du XVIIe siècle en fer gravé.

480 — Pommeau d'épée en fer ciselé.

481 — Grille cintrée du haut, en fer forgé.

482 — Deux pièces: pince à couper le fer et petite tenaille en fer gravé et ciselé.

CUIRS

483 — Coffret rectangulaire couvert en cuir gravé et doré. XVIe siècle.

484 — Dessus d'écrin circulaire en cuir noir gaufré. XVe siècle.

485 — Coffret oblong couvert en maroquin rouge. XVIe siècle.

486 — Coffret à couvercle bombé couvert en cuir noir gaufré et doré.

487 — Pulvérin piriforme. XVIe siècle.

488 — Encrier et poudrière carrés en maroquin rouge.

489 — Coffre rectangulaire du XVIIe siècle.

490 — Coffre rectangulaire du XVIIe siècle, en maroquin doré.

491 — Porte-missel en cuir gravé. XVe siècle.

ÉMAUX DE LIMOGES

492 — Salière hexagone et à base évasée, attribuée à *Suzanne de Court.*

493 — Médaillon ovale à deux faces. XVIe siècle.

494 — Diptyque formé de deux plaques peintes en émaux de couleur. XVIe siècle.

495 — Deux flambeaux en émail de *J. Laudin.*

496 — Plaque rectangulaire en hauteur, peinte en émaux de couleur par *Jean Laudin.*

497 — Plaque rectangulaire en hauteur, peinte en émaux de couleur par *Jean Limousin.*

498 — Plaque ovale en hauteur, peinte en émaux de couleurs, attribuée à *François Limousin.*

499 — Plaque rectangulaire en émail de Limoges du XVIe siècle.

FAIENCES DE PALISSY

500 — Grand plat ovale, dit à reptiles.

501 — Grand plat rond, dit à reptiles.

502 — Plat ovale, à cavité de même forme encadrée de quatre salières.

503 — Plat ovale, bord dentelé.

504 — Coupe ovale, forme baignoire.

505 — Coupe ronde décorée.

506 — Salière ovale, à bord godronné.

507 — Plat ovale, à bords évasés, de la suite de Palissy.

FAIENCES DIVERSES

508 — Plat rond en ancienne faïence hispano-arabe.

509 — Plat rond de même faïence.

510 — Vase Louis XVI.

511 — Deux petites cruches à panse sphérique.

512 — Plat à bord contourné en faïence de Castelli.

513 — ROUEN. Pichet à décor polychrome.

514 — WEDGWOOD. Buste de la Vénus de Médicis.

515 — GRÈS DE FLANDRES. Cruche en grès.

516 — FAÏENCE ALLEMANDE. Plat à décor polychrome.

517 — Carreau en terre cuite jaunâtre. XVIe siècle.

518 — ROUEN. Jardinière octogone.

519 — Deux jardinières cintrées, en faïence.

VERRERIE

520 — Petite coupe à six lobes, à deux anses contournées en S. XVIe siècle.

521 — Gobelet cylindrique. Date de 1657.

522 — Coupe campanulée et à piédouche, en verre de Venise.

523 — Coupe sans pied en verre vert de Venise.

524 — Deux flacons en verre de Bohême.

525 — Vitrail rond du XVIe siècle.

OBJETS VARIÉS

DE LA RENAISSANCE

526 — Petit lustre gothique en cuivre. XVe siècle.

527 — Deux bas-reliefs circulaires, en étain. XVIe siècle.

528 — Boîte ovale en cuivre ciselé, gravé et doré. XVIe siècle.

529 — Manche de couteau en bronze ciselé et doré. XVIe siècle.

530 — Fourchette en fer, à deux pointes quadrangulaires. XVIe siècle.

531 — MÉTAL DE CLOCHE. Mortier à pourtour orné de colonnettes.

532 — MÉTAL DE CLOCHE. Mortier en forme de cône renversé.

533 — Autre mortier à deux anses. XVIe siècle.

534 — Petit mortier à pourtour, décoré de médaillons.

535 — ÉTAIN. Plaquette circulaire. XVIe siècle.

536 — Étain. Autre plaquette circulaire. xvie siècle.

537 — Argent. Médaillon ovale, à deux faces.

538 — Plaquette carrée en bronze argenté. xvie siècle.

539 — Coffret à couvercle bombé, en buis.

540 — Couvercle de coffret oblong et bombé, en ivoire gravé. xvie siècle.

MINIATURES

ANTÉRIEURES AU XVIIe SIÈCLE

541 — Grande miniature sur parchemin du xiiie siècle.

542 — Grande miniature sur parchemin du xive siècle.

543 — Miniature sur vélin du xve siècle.

544 — Miniature rectangulaire sur vélin.

545 — Miniature rectangulaire sur vélin.

546 — Miniature rectangulaire sur vélin. xviie siècle.

547 — Très belle miniature rectangulaire sur vélin, du xve siècle.

548 — Miniature rectangulaire sur vélin.

BIJOUX

DES XVe, XVIe ET XVIIe SIÈCLES.

549 — Belle montre ovale. xvie siècle.

550 — Beau médaillon ovale en or. Travail français de la Renaissance.

551 — Noix de chapelet.

552 — Pendentif en verre églomisé.

553 — Étui carré en argent ciselé et doré. xviie siècle.

554 — Étui cylindrique en chagrin.

555 — Cachet-breloque en or.

556 — Cachet-breloque en argent.

557 — Collier Louis XIII.

558 — Deux couteaux à manches de jaspe vert sanguin. xvie siècle.

559 — Breloque en forme de bouteille de chasse, en verre églomisé. XVIe siècle.

560 — Breloque en argent gravé et doré. XVe siècle.

561 — Bague d'or ciselé et émaillé, datée 1572.

562 — Bague d'or avec camée dur. XVIe siècle.

563 — Bague d'or à torsade. XVIe siècle.

564 — Bague d'or émaillé du temps de Louis XIII.

565 — Bague d'or ciselé et repercé, enrichie de pierres de couleur.

566 — Bague d'argent montée d'une intaille sur sardoine rouge.

567 — Bague d'or à chaton en amande, gravé en creux.

568 — Bague d'or ciselée et niellée. XVIe siècle.

569 — Médaillon à deux faces ornées de nielles circulaires. XVe siècle.

570 — Autre nielle circulaire à deux faces.

571 — Petit nielle circulaire. XVIe siècle.

572 — Deux petits médaillons circulaires, nielles sur argent.

573 — Très petit médaillon ovale ciselé et doré.

574 — Cristal de roche. Coupe ovale décorée en intaille.

575 — Croix en cristal de roche.

BIJOUX DU XVIIIe SIÈCLE

576 — Carnet-porte-tablettes du temps de Louis XVI.

577 — Deux couteaux du temps de Louis XVI.

578 — Bague d'or ornée d'une miniature sur ivoire.

579 — Bague d'or ornée d'un camée dur à deux couches.

580 — Bague d'or ornée d'une miniature ovale, sur ivoire.

581 — Croix en or.

582 — Châtelaine de l'époque Louis XVI en acier.

583 — Montre Louis XV en or gravé.

584 — Montre Louis XV en or.

585 — Quatre petites pièces provenant d'un nécessaire.

586 — Petit ustensile, provenant d'une trousse, en fer damasquiné d'or.

587 — Breloquet composé de sept médaillons ovales en biscuit de Sèvres. Époque Louis XVI.

588 — Étui cylindrique à or. Époque Louis XVI.

589 — Couteau pliant à manche d'or gravé et ciselé.

590 — Couteau pliant à dessert, manche en nacre incrusté.

591 — Deux étuis oblongs pour tabatières, en galuchat.

592 — Porte-plume à manche d'émail.

593 — Flacon en cristal taillé à pans. Époque Louis XVI.

594 — Flacon analogue.

595 — Bague d'or à chaton à angles coupés. Époque Louis XVI.

596 — Pièce de dévidoir en or uni.

597 — Deux boutons d'habit du temps de Louis XVI.

598 — Deux couteaux à dessert de l'époque Louis XVI.

599 — Couteau à manche.

600 — Soixante-cinq plaquettes ovales en jaspe et en agate.

601 — Éventail à monture d'ivoire.

602 — Éventail Louis XVI, monture ivoire.

MINIATURES DU XVIIIe SIÈCLE

603 — Grande miniature gouachée, d'après *Greuze*.

604 — Miniature rectangulaire sur ivoire, par *Le Guay*.

605 — Deux gouaches attribuées à *Boucher*.

606 — Miniature ronde sur vélin : Portrait d'un abbé.

607 — Miniature gouachée attribuée à *Lavreince*.

608 — Miniature ovale sur vélin : Portrait de jeune femme.

609 — Miniature ronde sur ivoire, par *Augustin.*

610 — Miniature ovale sur ivoire, signée *Augustin.*

611 — Miniature ronde sur ivoire : Portrait d'une jeune femme.

612 — Miniature ronde sur ivoire, signée *Charlier, 1789.*

613 — Miniature ovale sur ivoire, de l'école anglaise.

614 — Miniature ovale sur ivoire : Dame en costume Louis XVI.

615 — Miniature sur ivoire, signée *Thoüesny.*

616 — Miniature ovale : Portrait d'homme de l'époque Louis XVI.

617 — Miniature ovale sur ivoire : Portrait d'un officier.

618 — Miniature ovale sur ivoire : Portrait d'homme.

619 — Miniature ovale sur ivoire : Portrait de femme.

620 — Miniature ovale : Portrait de femme en costume de la fin du XVIe siècle.

621 — Miniature ovale : Portrait de femme, époque Louis XIII.

622 — Deux miniatures ovales sur ivoire, par *De Gault.*

623 — Miniature ovale sur ivoire, par ***Hall.***

624 — Miniature ovale sur ivoire : Portrait de Louis XVI, jeune.

625 — Miniature ovale sur ivoire : Portrait de femme de l'époque Louis XIII.

626 — Miniature rectangulaire sur vélin : Portrait d'un ecclésiastique.

627 — Miniature ronde sur vélin : Portrait d'un commandant d'armée de l'époque Louis XIV.

628 — Deux miniatures ovales sur ivoire : Portraits de deux dames de la famille de Vidampierre.

629 — Miniature ovale sur ivoire : Portrait de femme.

630 — Miniature ronde sur ivoire : Portrait du comte de Vidampierre.

631 — Miniature ronde sur ivoire : Portrait d'homme.

632 — Petite miniature ovale sur ivoire : Buste d'homme.

633 — Miniature rectangulaire: Portrait d'homme de l'époque Louis XVI.

634 — Miniature ovale sur ivoire : Portrait de femme.

635 — Miniature ovale sur ivoire : Buste de villageoise.

636 — Miniature ovale : Portrait d'un commandant d'armée de l'époque Louis XIV.

637 — Médaillon Louis XVI en or ciselé.

638 — Trois miniatures rondes sur ivoire : Louis XVIII, le duc de Berry et M. de Montmorency.

639 — Miniature ovale sur ivoire, représentant Renaud et Armide.

640 — Miniature rectangulaire sur ivoire : Portrait présumé de J. Fr. de Troy.

641 — Miniature ovale sur vélin : Portrait d'homme.

642 — Miniature ovale sur ivoire : Portrait d'homme à perruque poudrée.

643 — Deux miniatures rondes sur ivoire, par *Boudin.*

644 — Miniature ovale sur ivoire : Portrait de jeune femme.

645 — Petite miniature ovale sur ivoire, par *Bochet.*

646 — Miniature rectangulaire sur vélin, du temps de Louis XV.

647 — Miniature carrée sur ivoire : Portrait de jeune fille. Travail anglais du temps de Louis XVI.

648 — Miniature ronde sur ivoire, par *Bornet.*

649 — Miniature ovale sur ivoire, signée *Rib.*

650 — Miniature ronde : Portrait de femme en costume de l'Empire.

651 — Miniature rectangulaire sur ivoire, par *Gomieu.*

652 — Dernières paroles de Monseigneur le Dauphin. Morceau de calligraphie sur parchemin, signé *Rochon.*

MINIATURES A L'HUILE

653 — Miniature ovale : Portrait de femme du temps de Louis XVI.

654 — Miniature ovale sur cuivre : Portrait d'homme. Époque Louis XIV.

655 — Petite miniature ovale : Portrait d'homme.

656 — Miniature ovale sur cuivre : Portrait de femme et en costume Louis XIV.

657 — Miniature ovale sur cuivre : Portrait de femme et en costume du temps de Louis XIV.

658 — Miniature ovale sur toile : Portrait d'homme portant le costume militaire du temps de Louis XIV.

659 — Miniature ronde sur soie : Sujet de chasse. Époque Louis XVI.

660 — Miniature ronde, par *Drolling*.

661 — Quatre petites peintures ovales sur toile : Jeunes femmes en costumes du temps de Louis XVI.

ÉMAUX PEINTS

662 — Deux petits médaillons ovales peints sur émail : Portraits de la marquise et du marquis de Boissy.

663 — Petit médaillon ovale, peint en émail sur or par les frères *Huaut*.

664 — Douze boutons peints en camaïeu bistre sur émail.

TABATIÈRES ET BONBONNIÈRES

665 — Tabatière ovale en écaille brune, ornée d'une miniature sur ivoire, par *Vestier*.

666 — Boîte ronde en poudre d'écaille.

667 — Boîte ovale en écaille brune, ornée d'une miniature sur ivoire, par *Hollier*.

668 — Boîte ronde en écaille blonde, décorée d'une miniature sur ivoire.

669 — Boîte ronde en cristal de roche.

670 — Jolie boîte ronde, du temps de Louis XVI, le dessus est orné d'une miniature signée *La Tour*.

671 — Jolie boîte ovale, du temps de Louis XVI.

672 — Jolie boîte ovale, du temps de Louis XVI.

673 — Jolie boîte ovale, du temps de Louis XVI.

674 — Boîte ronde en vernis de Martin. Époque Louis XVI.

675 — Boîte ronde, en poudre d'écaille violette. Époque Louis XVI.

676 — Boîte ronde, en écaille brune.

677 — Boîte ronde, en poudre d'écaille verte.

678 — Boîte ronde, en écaille brune, ornée d'une miniature signée *Berjon*, *an VI*.

679 — Boîte ovale, en écaille brune.

680 — Boîte ronde, en écaille brune.

681 — Boîte ronde, en corne verte marbrée. Époque Louis XVI.

682 — Boîte ronde, en écaille brune, ornée d'une miniature qui semble être signée *Hall*.

683 — Boîte ronde, en écaille brune, ornée d'une miniature ovale sur ivoire, par *Roslin*.

684 — Boîte rectangulaire, en ancienne porcelaine de Saxe.

685 — Boîte de forme contournée, en cristal de roche. Époque Louis XV. Écrin du temps en cuir.

686 — Boîte ronde, en ivoire sculpté, du temps de Louis XV.

687 — Petite boîte ronde du temps de Louis XVI.

688 — Étui-nécessaire en ancienne porcelaine de Saxe.

689 — Dessus de boîte rectangulaire en ancienne porcelaine de Saxe.

ORFÈVRERIE DU XVIIIe SIÈCLE

690 — Deux saucières. Milieu du XVIIIe siècle.

691 — Écuelle. XVIIIe siècle.

692 — Belle chocolatière en argent repoussé. Époque Louis XV.

693 — Deux jolis sucriers cylindriques. Époque Louis XV.

694 — Deux petites salières ovales. Époque Louis XV.

695 — Petite cafetière Louis XV.

696 — Pot à crème en vermeil.

697 — Gobelet en argent gravé, doré. Travail allemand du XVIIe siècle.

698 — Gobelet analogue à celui qui précède, mais plus petit.

699 — Gobelet analogue.

700 — Salière cylindrique, en argent gravé et doré. Travail allemand du XVIe siècle.

701 — Deux flambeaux à deux lumières, du XVIIIe siècle, en argent ciselé. Travail français.

702 — Hanap, forme casque, en argent ciselé et doré, du commencement du XVIIIe siècle.

703 — Hanap, de même forme et de même époque, en argent ciselé et gravé.

704 — Deux flambeaux, du temps de Louis XVI, en argent.

705 — Deux beaux flambeaux Louis XVI, en argent ciselé.

706 — Plateau rond, en argent gravé. Travail portugais du XVIe siècle.

707 — Plateau oblong. Époque Louis XVI.

708 — Petite coupe à piédouche et à deux anses. Époque Louis XIV.

709 — Quatre salières ovales Louis XVI.

710 — Bel huilier ovale en argent, du temps de Louis XVI.

711 — Cuiller à entremets en vermeil. Époque Louis XV.

712 — Cuiller en argent doré.

713 — Cuiller à café de l'époque Louis XV.

714 — Cuiller à manche courbé. Travail allemand, XVIe siècle.

715 — Deux flambeaux en argent ciselé.

716 — Corbeille ovale Louis XV.

717 — Gobelet du XVIIIe siècle en argent ciselé.

718 — Sucrier Louis XVI en argent.

719 — Petit plat ovale en argent repoussé.

720 — Petite coupe ronde en argent, datée de 1657.

721 — Coupe ronde en argent à rosace centrale convexe.

722 — Bougeoir à binet.

OBJETS VARIÉS

DES XVIIe ET XVIIIe SIÈCLES

723 — Paire de petites balances en fer du XVIIe siècle.

724 — Couteau du XVIIe siècle.

725 — Couteau du commencement du XVIIe siècle.

726 — Jeu de loto de l'époque Louis XV.

727 — Petite agrafe de mur. Époque Louis XVI.

728 — Brosse Louis XIV.

729 — Brosse de même époque.

730 — Ornement en cuivre argenté avec armoiries en émail.

731 — Boussole. XVIIe siècle.

732 — Presse-papier.

733 — Trois boutons de meuble.

734 — Un couteau et une fourchette. XVIIe siècle.

735 — Boîte ronde en mosaïque de paille. Époque Louis XV.

736 — Boîte à parfums. XVIe siècle.

PORCELAINES DE SÈVRES

737 — Vase en forme de balustre aplati, monture du temps de Louis XVI.

738 — Seau cylindrique à base arrondie.

739 à 741 — Trois seaux.

742 — Petit plateau carré à bord oblique.

743 — Pot à crème.

744 — Tasse droite et sa soucoupe.

745 — Petite marmite sur trois pieds.

PORCELAINES DE SAXE

746 — Deux groupes allégoriques.

747 — Deux poules en ancienne porcelaine de Saxe.

748 — Bout de table à deux lumières.

749 — Pie sur un tronc d'arbre.

750 — Étui.

PORCELAINES DE CHINE

751 — Vase ovoïde à col cylindrique, en céladon fleuri.

752 — Deux petits vases de même forme.

753 — Deux petits cornets en céladon fleuri.

754 — Aiguière couverte et bassin décagone en ancienne porcelaine de Chine.

755 — Deux perroquets en ancien céladon turquoise.

756 — Deux vases cylindriques.

757 — Deux flacons à thé.

758 — Petit vase cylindrique, à col rétréci et à bord relevé.

759 — Petit vase forme balustre.

760 — Petit vase, demi-ovoïde.

761 — Un bol et une assiette en ancienne porcelaine de Chine.

762 — Deux bols d'ancienne porcelaine de Chine.

763 — Cafetière à couvercle en porcelaine de l'Inde.

764 — Petite tasse en Chine.

PORCELAINES DIVERSES

765 — Tasse droite en porcelaine tendre, italienne.

766 — Petit pot à lait et un plateau en porcelaine de Chantilly.

767 — Deux couteaux à manches d'ancienne porcelaine tendre de Saint-Cloud

768 — Bas-relief ovale en porcelaine émaillée blanc. Époque Louis XV.

SCULPTURES EN MARBRE

769 — Beau buste de Mlle Clairon.

770 — Beau buste de Mme de Pompadour.

771 — Statuette de Diane au repos. XVIIIe siècle.

772 — Bas-relief ovale.

773 — Cheminée de l'époque Louis XV.

SCULPTURES EN TERRE CUITE

774 — Beau buste de Théroigne de Mirecourt.

775 — Buste de Faune. École française du XVIIIe siècle.

776 — Buste de femme. École française, XVIIe siècle.

777 — Statuette de nain grotesque.

778 — Médaillon rond : Louis XVI et Marie-Antoinette, par *B. du Vivier*.

779 — Médaillon circulaire : Marie-Antoinette, par *Nini*.

780 — Même portrait par *Nini*.

781 — Portrait de Mme Dubarry par *Nini*.

782 — Portrait d'Albertine, médaillon, par *Nini*.

783 — Portrait de Suzanne Jarente de la Reynière, par *Nini*.

784 — Portrait de Marie-Thérèse d'Autriche, par *Nini*.

785 — Buste de Lafayette.

SCULPTURES EN PLATRE

786 — Buste couleur terre cuite : Portrait de femme de l'époque Louis XVI.

787 — Buste couleur terre cuite, d'une jeune femme de l'époque Louis XVI.

788 — Deux groupes en pendants : Jeunes filles et amours.

BRONZES D'AMEUBLEMENT

789 — Belle pendule du temps de Louis XVI.

790 — Deux candélabres du temps de Louis XVI.

791 — Deux chenets du temps de Louis XV.

792 — Deux girandoles à deux lumières du temps de Louis XVI.

793 — Deux candélabres de l'époque Louis XVI.

794 — Deux grands flambeaux du temps de Louis XV.

795 — Flambeau de bouillote à trois lumières. Époque Louis XVI.

796 — Cartel du temps de Louis XVI.

797 — Deux flambeaux du temps de Louis XIV.

798 — Pelle et pincettes à boutons du temps de Louis XVI.

799 — Cadre de calendrier du temps de Louis XVI.

800 — Deux chenets du temps de Louis XVI.

801 — Petite pendule à ornements rocaille en bronze.

802 — Deux flambeaux Louis XVI.

803 — Flambeau Louis XVI en bronze giselé et doré.

804 — Flambeau Louis XVI, analogue au précédent.

805 — Socle Louis XVI de forme cylindrique en porphyre rouge.

806 — Deux bras de mur à deux branches du temps de Louis XV.

807 — Deux bras de mur de même époque.

808 — Deux girandoles à deux lumières du temps de Louis XVI.

809 — Deux flambeaux en bronze ciselé. Beau modèle Louis XVI.

810 — Deux flambeaux formés chacun d'une statuette de nymphe debout.

811 — Sphinx couché en bronze ciselé et doré du XVIIIe siècle.

812 — Deux socles rectangulaires en bronze ciselé et doré.

CADRES

EN BOIS SCULPTÉ, EN OR, EN ARGENT ET EN BRONZE

813 — Cadre rectangulaire du XVIIe siècle.

814 — Cadre rectangulaire en bois du temps de Louis XIV.

815 — Cadre en bois sculpté et doré, de même époque.

816 — Cadre du temps de la Régence.

817 — Cadre Louis XVI.

818 — Cadre ovale de l'époque Louis XIV.

819 — Cadre en bois sculpté et doré Louis XV.

820 — Cadre à moulures en bois d'ébène. Travail florentin du XVIe siècle.

821 — Cadre de calendrier en bois de noyer. Époque Louis XVI.

822 — Cadre en bronze ciselé et doré de l'époque Louis XVI.

823 — Cadre de miniature.

824 — Petit cadre à ouverture ovale.

825 — Petite couronne de fleurs en argent fondu et ciselé.

826 — Cadre de calendrier en bois sculpté et doré du temps de Louis XVI.

827 — Petit cadre ovale du temps de Louis XIV.

828 — Cadre analogue à celui qui précède, mais plus petit.

829 — Petit cadre rectangulaire en bois sculpté et doré du temps de Louis XV.

830 — Cadre en cuivre doré de forme rectangulaire. Époque Louis XVI.

831 — Cadre de miniature à réverbère et à angles coupés en or ciselé.

832 — Autre cadre de miniature à réverbère, à angles coupés, en or ciselé.

833 — Deux cadres ronds à feuillages, bronze ciselé et doré.

834 — Plusieurs cadres de miniatures en bronze ciselé et doré.

835 — Quatre petits cadres ovales en bois sculpté et doré.

836 — Cadre rond à tore de laurier, bronze ciselé.

837 — Petit cadre de bénitier en bois sculpté et doré. Époque Louis XV.

838 — Cadre à angles coupés, en bronze ciselé et doré.

839 — Cadre rectangulaire en bois sculpté et doré de l'époque Louis XIV.

840 — Deux petits cadres rectangulaires en bois sculpté et doré de l'époque Louis XV.

841 — Cadre en bois sculpté et à ornements dorés.

MEUBLES ANCIENS

842 — Régulateur de *Robin, à Paris.*

843 — Commode à deux tiroirs et à côtés obliques. Époque Louis XV.

844 — Secrétaire du temps de Louis XV.

845 — Petite table à ouvrage de forme ovale. Époque Louis XV.

846 — Table servante du temps de Louis XV.

847 — Deux bibliothèques en bois de palissandre. Époque Louis XV.

848 — Commode du temps de Louis XVI. Pièce signée P. GARNIER.

849 — Table de trictrac en acajou, du temps de Louis XVI.

850 — Table à pieds tournants en acajou.

851 — Bibliothèque Louis XV en bois satiné et bois rose.

852 — Table-bureau, *Tronchin*, de l'époque Louis XVI.

853 — Fût de colonne en granit vert des Vosges.

854 — Armoire Louis XV fermant à deux portes.

855 — Guéridon Louis XVI à dessus en marbre blanc.

856 — Deux petits meubles-étagères en bois d'acajou. Époque Louis XVI.

857 — Deux encoignures. Époque Louis XVI.

858 — Petit meuble, en forme d'armoire, à porte vitrée. Époque Louis XVI.

859 — Deux trépieds avec coupe ronde en bois d'acajou.

860 — Meuble à hauteur d'appui de style Louis XVI.

861 — Petite table à tiroir du temps de Louis XVI.

862 — Petite table rectangulaire en marqueterie, par *David*.

863 — Petite table à jeu de l'époque Louis XV.

864 — Soufflet de l'époque Louis XVI.

865 — Soufflet de même époque.

866 — Miroir de toilette à cadre arrondi. Époque Louis XIV.

867 — Tricoteuse Louis XVI.

868 — Table de nuit du temps de Louis XV.

869 — Petit meuble à hauteur d'appui.

870 — Petite commode Louis XVI.

871 — Bureau bonheur-du-jour en acajou du temps de Louis XVI.

872 — Table de nuit Louis XV.

873 — Petite commode Louis XV.

874 — Table de trictrac. Époque Louis XVI.

875 — Bonheur-du-jour Louis XVI.

876 — Petite table à écrire. Époque Louis XV.

877 — Tricoteuse de l'époque Louis XVI.

878 — Petite encoignure du temps de Louis XV.

879 — Petite encoignure de même époque.

880 — Table Louis XV en noyer.

881 — Piano droit en bois noir.

882 — Vitrine plate.

MEUBLES EN BOIS SCULPTÉ

DU XVIe SIÈCLE

883 — Siège dit caqueteuse.

884 — Porte pliante en bois sculpté.

884 *bis* — Meuble Renaissance.

MEUBLES EN BOIS SCULPTÉ

DES XVIIe ET XVIIIe SIÈCLES

885 — Belle console du temps de Louis XV.

886 — Console en bois sculpté.

887 — Quatre chandeliers d'église en bois sculpté. Époque Louis XIII.

888 — Deux petits vases Louis XIII.

889 — Deux petits piliers gothiques en bois de chêne sculpté.

890 — Piédestal à quatre faces de l'époque Louis XVI.

891 — Deux consoles d'applique du temps de Louis XV.

892 — Deux torchères en bois de chêne sculpté du XVIIe siècle.

893 — Petite table en bois sculpté et doré de la Régence.

894 — Coffret rectangulaire en bois sculpté.

895 — Console-applique en bois sculpté. Époque Louis XVI.

896 — Socle carré en bois sculpté, peint et doré. Époque Louis XVI.

897 — Glace rectangulaire avec cadre en bois sculpté du temps de Louis XVI.

898 — Petit miroir à encadrement en bois sculpté et doré du temps de Louis XV.

899 — Très grande armoire du temps de la Régence.

900 — Table-console en bois de noyer sculpté, du temps de la Régence.

BOISERIE

901 — Boiserie de salon du temps de Louis XV.

SIÈGES

902 — Meuble de salon du temps de Louis XVI.

903 — Meuble de salon du temps de Louis XV.

904 — Deux grands fauteuils à dossiers arrondis du temps de Louis XV.

905 — Bergère en bois doré recouverte en tapisserie Louis XVI.

906 — Deux chaises du temps de Louis XVI.

907 — Deux petites chaises du temps de Louis XVI.

908 — Tabouret de pied Louis XV.

909 — Grand fauteuil du temps de Louis XIV.

910 — Autre fauteuil du temps de Louis XIV.

911 — Deux tabourets pliants à X. Travail italien du XVIIIe siècle.

912 — Banc à six pieds en bois sculpté et doré du temps de la Régence.

913 — Tabouret carré en noyer à pieds cannelés.

914 — Deux tabourets carrés de l'époque Louis XV.

915 — Tabouret de pieds de l'époque Louis XIV.

916 — Bois de fauteuil Louis XV.

917 — Fauteuil Louis XVI.

918 — Fauteuil du temps de Louis XVI.

919 — Douze chaises du temps de Louis XV.

920 — Chaise du temps de Louis XVI.

921 — Meuble de salon du temps de Louis XV.

922 — Fauteuil de bureau du temps de Louis XV.

923 — Fauteuil de bureau Louis XV.

924 — Dix chaises Louis XVI.

925 — Un fauteuil Louis XVI.

926 — Six chaises Louis XIV.

927 — Grand fauteuil Louis XIV.

928 — Tabouret de même époque.

TAPISSERIES — BRODERIES

929 — Belle tapisserie des Gobelins de l'époque Louis XIV.

930 — Tapisserie semblable et de mêmes dimensions.

931 — Écran formé d'une jolie tapisserie de Beauvais.

932 — Garniture de chaise, dite *Voyeuse*.

933 — Garniture pour le dossier et le siège d'une bergère, en tapisserie Louis XV.

934 — Feuille d'écran de tapisserie du XVIIIe siècle.

935 — Quatre lambrequins dentelés de l'époque Louis XVI.

636 — Garniture de chaise, siège et dossier, en soie bleu de ciel. Époque Louis XVI.

937 — Tapis carré en satin blanc.

938 — Carré de satin blanc. Époque Louis XVI.

939 — Autre carré brodé en soies de couleurs.

940 — Carré de satin blanc, orné de broderies en soie de couleur.

941 — Deux dalmatiques en satin blanc, brodé. XVIIIe siècle.

942 — Gilet de l'époque Louis XVI.

943 — Un lot de bordures Louis XVI.

944 — Couvre-lit de satin blanc, brodé en soies de couleur. Époque Louis XVI.

945 — Pente de soie Louis XVI.

946 — Portefeuille en velours grenat.

947 — Aumônière en velours rouge.

948 — Aumônière de velours, brodée en or et en argent.

949 — Croix en broderie d'or et d'argent de la Renaissance.

950 — Voile de calice, en satin blanc, brodé.

951 — Chape en satin blanc, brodée. XVIIIe siècle.

952 — Garniture de chaise. XVIIIe siècle.

953 — Deux dessus de coussins, en soie blanche brodée.

954 — Chasuble de soie rouge, ornements Renaissance.

955 — Deux chapes en soie blanche Louis XVI.

956 — Une autre, soie blanche à bouquets.

957 — Pente en soie Louis XVI.

958 — Bandeau de lit, d'ancienne soie brochée.

959 — Plusieurs coupons d'ancienne soierie du XVIIIe siècle.

TAPIS

960 — Grand tapis de Smyrne.

LIVRES

Nos 961 à 1175.

www.ingramcontent.com/pod-product-compliance
Ingram Content Group UK Ltd.
Pitfield, Milton Keynes, MK11 3LW, UK
UKHW021125260726
13994UKWH00002B/990